KB089615

아직도를 사랑하는 까닭은

아직도를 사랑하는 까닭은

2023년 11월 3일 초판 1쇄 인쇄
2023년 11월 10일 초판 1쇄 발행

지은이 | 신정일
펴낸이 | 孫貞順

펴낸곳 | 도서출판 작가
         (03756) 서울 서대문구 북아현로6길 50
         전화 | 02)365-8111~2 팩스 | 02)365-8110
         이메일 | cultura@cultura.co.kr
         홈페이지 | www.cultura.co.kr
         등록번호 | 제13-630호(2000. 2. 9.)

편집 | 손희 김치성 설재원
디자인 | 오경은 박근영
영업 | 박영민
관리 | 이용승

ISBN 979-11-90566-64-3 (03810)

값 10,000원

아직도를 사랑하는 까닭은

신정일 시집

작가

나의 생활을 자세히 살펴보면

단순하기 이를 데 없다.

책에서 책으로, 길에서 길로 이어진 생활,

그 길에서 만나고 헤어지는 몇 사람들과

단조롭기도 하고, 경탄을 자아내게 하는 풍경들,

그런 의미에서 나는

더도 아니고 덜도 아닌 '길 위의 사람'이다.

그렇게 길에서 보낸 나날이 많았고,

살만큼 살았는데도

가끔씩 길에서 길을 잃고 헤맬 때가 많이 있다.

이것이 나의 길인가 싶어서 안도하면서 잠시 걷다가 보면

그 평온하던 길이 어느새 사라지고 다시 악전고투의 시절이 돌아온다.

눈앞이 캄캄한 고난 속에서, 더 이상 걸을 수가 없다는 느낌이 올 때

기다리고 기다리던 시가 나온다.
"시는 곤궁한 다음에야 나온다.(詩窮而後工)"
구양수의 말을 실감하는 시간이다.
길은 잃을수록 좋다.
더 많이 길을 잃고 헤매야 하는 그것이 내 운명이다.

2023년 가을
신정일

차 례

시인의 말

제1부

꽃잎 13

아직도를 사랑하는 까닭은 14

흰 종이 위에 쓴 말 16

갈대 17

바다 18

갈매기에 묻다 20

몸살 21

순식간에 22

저것 봐, 저것 봐 23

밤손님께 24

파도 26

호박꽃 27

이 잡는 남자 28

소리 29

지리산이 말하지 않으면서 말을 했다 30

제2부

문 닫힌 점방 33

길 35

입도 없냐? 36

능소화 37

키릴로프 38

우체국에 가면 40

구절초 42

어디 있어요? 43

반딧불 켜진 밤에 44

강은 흐른다 46

시퍼렇게 살아 48

국숫집에서 49

여한이 없다 50

이윽고 그림자 하나가 52

광기의 시대 53

어디를 그렇게 바삐 가세요? 54

제3부

부안 솔섬에서 57

추암의 새벽 59

비인 오층석탑에서 60

김포 장릉의 재실 62

생일도生日島 64

차이 66

미륵사지 67

어청도 68

슬픔처럼 70

왜 이제야 왔어? 71

물 위에서 사는 사람들 72

왕궁리 오층석탑 74

하루에도 열두 번씩 변하는 76

태항산 78

내 사랑 소나무 79

북미륵암 가는 길 80

사람들이 나에게 82

제4부

두승산하斗升山河 85

개암사 겨울비 88

안이쁜이라는 여자 90

눈물 93

고사부리성에서 오사五死를 생각하다 94

김일손 96

나는 신랑 얼굴도 몰라 98

신화가 되고 역사가 된 사람 101

竹島를 죽도록 사랑했던 한 남자 104

위리안치圍籬安置 106

여강驪江에서 목은 이색李穡 110

그대에게 사랑한다 말할 때 112

봄눈 113

내 그리움은 114

해설

서정의 바다에 다다른 산의 서사_박태건(시인·문학박사) 116

제1부

꽃잎

날리지 않고
곧바로 떨어지는
꽃잎을 보아라

시들어 야윈 몸을
가리지도 않은 채 떨어지는
저 꽃잎, 꽃잎

바람도 불지 않고
춥지도 덥지도 않은
밤도 낮도 아닌
야릇한 시간에
유언도 없이
나비처럼 사뿐히 내려앉는
내 슬픈 영혼 보아라

아직도를 사랑하는 까닭은

내가 '아직도'라는 말을
사랑하는 까닭은
내 마음속에
이해할 수 없는, 설명할 수 없는
수많은 그리움이
파도처럼 넘실거리기 때문이다.

내가 '아직도'라는 말을
사랑하는 까닭은
아직도 가야 할 미지의 곳이
섬처럼 남아 있다는 것이고,
걸어가야 할 길이
길길이 펼쳐져 있어서
잠시도 멈추지 않고,
아직도 가슴이 뛰기 때문이다.

내가 '아직도'라는 말을
사랑하는 까닭은

아직도 그 섬이

어딘가에서 푸른빛 단장을 하고

내게 들려줄 절절한 이야기를 간직한 채

여전히 나를 기다릴 것만 같기 때문이다.

흰 종이 위에 쓴 말

시인 말라르메는
눈앞에 흰 종이를 보고
백지의 현기증이라고 말했다
그 막막함에 닿기도 전에
흰 여백의 종이가 아니고
흰 벽 위에 누군가
나무 사다리를 세우더니
일필휘지로 마늘 두 다발과
그 가운데에 옥수수 다발을 매달았다

겨울을 나고
봄까지 이어질 훈훈한 양식
한 집안의 소망이 그려진
희디흰 벽

그 벽에서 새로운 세상이
시작되고 있었다

갈대

흔들리는 건 내가 아니라고
쓰러지는 건 내가 아니라고
울고있는 건 내가 아니라고

아무리
목이 터지게 소리 질러도
믿지 않는다.

인기척만 있어도 놀라고
떨어지는 꽃잎 소리에도 놀라는 것은
내가 아니라고

아무리
온몸 흔들어 소리 질러도
믿지 않는다.

바다

밤낮을 모르며
계절도 모르고
쉴 새 없이 칼을 가는 물살로 살아
홀로서 빛나는
저 바다

푸르죽죽한 가슴에
수천만 개도 넘는 비수를 지니고
설레는 바다

짙고 깊은 안개 속 같은
물속을 휘젓고 후비다 지쳐
죽어도
다시 죽어도
썩지도 않을
냄새도 없을
차디찬 바다
음험한 바다

오! 그러나
버리곤 못 떠날
사랑의 바다
죽어도
그 속에 죽을
푸르른 바다

갈매기에 묻다

흔들리는 세상의
중심을 붙잡으려
안간힘을 써보지만
남은 것은 없다

갈매기에게 묻는다
너의 생애는 어땠느냐
더는 내려갈 것도
더는 올라갈 것도 없는
세상의 끝
바다를 내려다보는 항구에서
내 여정을 뒤돌아본다

잘못 살아온 생도
잘 살아온 생도
이제 생각해 보니
흔들리는 물결 같다고
끼룩거리는 갈매기여

몸살

어제도 아팠고
오늘도 아프다
알 수 없지만
내일도 또 아프리라

나는
벽을 향해 돌아눕는다
중요한 것은 내가 아프다는 것,
나는 안다.
그 아픔이 나를, 내가 나를,
더 절절하게 만나게 한다는 사실을.

지금, 이깟 몸살에도
비실거리고 침울하다만,
내가 돌아갈 무렵
다시 찾아올 아픔은
어떤 모양새로 내 몸을 견디다가
죽은 몸에서 탈출할까

순식간에

지상에서 떠나야 할 시간은
누구에게나
순식간에 찾아온다

봄 눈이 녹듯
바람이 귓가를 스치고 지나가듯

저것 봐, 저것 봐

저것 봐
저것 봐
저 생생한 것

꽃도 아니고
채소도 아닌 것이
아무렇지도 않게
천연덕스럽게
길가의 화분에 담겨
가을 햇살과
노닐고 있다.

저것 봐
저것 봐
저 빨간 양배추꽃

밤손님께

지금은 깊은 밤
문을 다 열어 놓았습니다
당당하게 들어오십시오

셔터도 문고리도 열쇠도
다 열어 두었습니다.
살아 있는 것은
벽시계,
머리맡의 시계,
그리고 당신의 안녕하심을 위하여
불도 약하게 밝혀두었습니다

금고 속에 약간의 돈과
옷가지 속엔
당신이 수고한 보람에 알맞을
현금과 전축, TV,
그리고 커피와 음료수도
준비되어 있습니다

모든 것이 당신을 위한 것이니
당신보다 더 먼저 누군가가 올지도 모르니
서두르십시오
돈이란 결국 돌고 도는 것이라
누구의 것도 아니기 때문이지요
그래도 오늘 밤은
당신을 위한 것
모두 다 당신 것이지요

가시기 전에
내가 잠든 머리맡에
한 마디만 남겨 두고 가십시오.

잘 자게나
아주 편안한 잠을 자게나
잠시 조물주가 자네에게 맡겨두었던 것을
내가 가져가는 중일세
잠이나 푹 더 자게나.

파도

눈앞에 선 듯 그대 보이네
잠 못 들고 부르는 그리운 이름
살아 이렇듯 보고픈 마음인데,
죽어 얼마나 절절하랴
한 가슴 가득
파도 소리로 달려와서
밤이 새도록 돌아가지 않는
그대여

호박꽃

반딧불이 지천이던 시절
한밤중에 반딧불 서너 마리를 잡아
꽃 속에 넣고 꽃을 오무리면
등불이 되어
깜빡거리던 호박꽃!

내 유년을 쓰라리게 밝히는 꽃

이 잡는 남자

흐릿한 호롱불 아래
물레가 돌아가고,
할머니는 무릎 위에 침을 발라가며 삼을 삼는다.

그 옆에서 오래된 레코드판이 돌아가고,
사르르아즈나부르으는
떠나간 여인의 이름을
숨 멎을 듯 애절하게 부른다.

– 이자벨 이자벨 이자벨 –

삼을 삼던 할머니
불쑥 던지는 한 마디,
"왜 자는 이만 잡는다냐?"
한바탕 웃다가 웃다가 또 웃어도
이자벨 이자벨
간절히 부르는 그의 소리
더 높아만 간다.

소리

눈에 눈물이 고이도록
책을 읽다가
책을 덮으면 보이는 얼굴

창문을 열고 어둠 너머
보이는 희미한 불빛들을 바라보면
어디선가 들리는 음성

밤인가 하면 낮이고
낮인가 하면 밤인,
누더기 못 벗은 세월을 살게 하는
먼 듯 가까운 듯

꿈에서도 그리운
그대 발걸음 소리

지리산이 말하지 않으면서 말을 했다

산은 말하지 않으면서 말을 하고
노래하지 않으면서 노래를 부르며
산은 울지 않으면서 저 혼자서 울고
그리워하지 않는 듯하면서 그리워하며
산은 저 혼자서 스스로 견딘다.

산은 누가 오지 않아도 섭섭해 하지 않고
누가 온다고 해도 거부하지 않으며
산은 '내 모든 것 다 받아 주마' 하고 받아들인다.

산은 어느 계절의 산 보다
가을 산이 더 처연하게 아름답고,
아름답기에 더욱 슬프면서 아련하다.

산 아래를 그리움처럼 흐르는 강을 따라
하염없이 흐르고 싶은 마음을 주워 담고서
돌아오는 길, 산이 더없이 찬연하다.
노을 비낀 지리산 그 산자락이

제2부

문 닫힌 점방

길가에 문 닫힌 점방이 있다
문을 두드리면
버선발로 나와서
누구여? 할 것 같은데
기척이 없다

문을 살며시 열자
그 안에 또
여닫이 문이 있다

저 문을 열면
무엇이 보일까?
고향 집 토방이 보이지 않을까?
그러나 아무래도 빈집이다

문을 닫고 추녀를 보니,
추녀 여기저기 벌집이 매달렸다
집도 비고 벌집도 텅텅 비고,

내 마음도 비어서
하늘을 올려다본다.

길

그대는 그대이고
나는 나일 뿐이다.

그대는 그대의 길을 가고
나는 나의 길을 간다.

그대를 위해
그대를 대신해
산을 오를 수도,
강을 건널 수도 있지만,
아무도 그대의 삶을 살아줄 수는 없다.

하지만
혼자서 태어나
혼자서 가는 우주라지만,
그대라는 우주와
나라는 우주가 만나
한세상 함께 더불어 살다가
저 우주에 던져지면 어떨까?

입도 없냐?

나에게 소식이 오는 통로는
여러 갈래다
이메일, 문자, 카톡, 페이스북, 트위터

마음에서 손을 거쳐 다른 사람의 마음으로
전달되던 소식의 통로가
무한대의 공간에서 공간으로의 이동,
사람의 마음을 떠난 생각이
우주별 여행자가 되었다

사람의 온기가 그리운 날,
나는 이렇게 공간에서 공간으로
무한대에서 무한대로 확장된 텅 빈 허공에서
목소리가 그리워
이렇게 썼다.

"너는 입도 없냐?"

능소화

꽃 피고 지는 밤
문득 서럽다
서럽고 설운 마음의 한 귀퉁이를
헐어서 천년만년 무너지지 않을 담장을 쌓고,
그 아래 다소곳이 피어나 담장을
이리저리 휘감고 올라가는
능소화 한 포기 심으리라

여름 한낮 세상을 빛내며
지나가는 바람결에
그 향기 뿜어내면서
한 시절을 살다 갈
능소화여.

키릴로프

그는 권총자살했다
누군가 한 사람의 희생을 통해서만
인간을 억누르고 제압하는
고통과 공포가 극복되고
사랑과 화해의 종이 울리리라 믿었던 그는
자기의 가슴에 총구를 겨누었다
총소리는 거리를 뒤흔들었다

그는 죽기 전까지 운동했고
어린이들을 사랑했고
흔들리는 나뭇잎을 사랑했다
그는 죽었다.
그는 '엘리 엘리 라마 사박다니'라고 밀하지 않았다
그가 쓰러진 땅에
그가 잠든 땅에
고통과 공포는 사라지고
진실도 사랑과 화해의 종은 울려서
희망과 기쁨의 꽃은

피어났을까?

아우성만 살아서 흘러가는 강 언덕엔
신념에 찼던 그의 목소리가
구름이 되고
그를 쓰러뜨린 총소리는
푸르른 하늘이 되고
들꽃이 되고,

그리고 지금도 여기저기서
사람들이 죽어가고 있다
엘리 엘리 라마 사박다니,
그 소리가 아직도 들리는데

* 키릴로프는 도스토예프스키의 소설, 「악령」의 등장인물이다.
" 엘리 엘리 라마 사박다니" 예수가 죽기 전에 "주여, 왜 나를 버리시나이
　까?"하고 부르짖었던 말이다.

우체국에 가면

아무도 밟지 않은 길마다
눈 내리고 잠시 멎었다가 다시 퍼붓고
바람이 나뭇가지를 휘젓고 지나갈 때마다
산자락에서 하얀 송홧가루 날리고
나무마다 하얗게 하늘 바라기를 하는
섬진강

강물이 여울져 흐르다가
다시 잠잠해지는
강가에서
겨울의 소리인가 봄의 소리인가 모를
낌새를 느끼다가
적성 우체국 문을 열고 들어가
창구에 앉아 있는 여자 분에게 물었다
삼십 년 전이던가
이십여 년 전이던가
맡겨둔 걸 찾으려고 왔습니다
똥그란 눈으로 묻는 여직원,

예금인가요?

아니요, 그리움입니다.

잊으면 안 될 그리움을 맡겨두었거든요

그제야 빙긋이 웃던 그 여직원

우체국에 가면

잃어버린 꿈, 잃어버린 사랑

잃어버린 소망을

찾을 수 있을까?

구절초

나약하고 겁이 많았던 한 꼬맹이가
백척간두에 한사코 매달려 있다
아슬아슬한 일들을 겪고 난 뒤에야
삶은 아름다워지는 것
존재는 골방 속에서도 쌀알처럼 빛나는 것이라고
아슬아슬 말하는 것 같다
바람을 타며 벼랑에 한사코 피어 있는 구절초

어디 있어요?

가고 오는 사람의 물결
눈빛만이 빛난다
저마다 다른 곳에서 와서
다른 곳으로 가는 사람들
어디서 와서 어디로 가는지
알 수 없는 사람들
거리는 지금 인산인해다

그런데 찾고자 하는 사람은 없고,
사람만 많다

등불을 들고 찾아도
보이지 않는 사람아

반딧불 켜진 밤에

밤이 어느 순간 내려왔습니다.
커튼이 내려오듯이
내 가슴속으로 살며시
내려 앉은 밤의 한 가운데서
나는 곧이어 찾아올 꿈을 위하여
닫혀 있던 창문을 활짝 열지 않고
반쯤만 열어둡니다.
오는 꿈도 가는 꿈도
여미가 있어야 할 것이니까요.

뺨을 스치고 지나가는 찬 바람이
내 정신의 깊은 상처를 들쑤시며
지나가는 그 길목에서
아직도 아물지도 않았고
그래서 다 드러내지 못한 상처는
저 혼자서 슬픔에 잠겼다가
새벽녘에서야 깨어날 것입니다.

매일 한 번씩 내려오고
서서히 여명이 오며
사라지는 어둠의 한가운데서
깜빡깜빡 켜졌다 꺼지는 반딧불처럼,
오늘밤에도 나는 작아지고
또 작아집니다.

강은 흐른다

시간은 누가 뭐래도
뭐라고 하지 않아도
가고 또 간다

세상의 끝을 아는 자 없어도
하루가 가고 이틀이 가고
한 달, 일 년,
세월이 뭐 별거냐는 듯이 간다

비녀꽃이 피고
호박꽃이 피고
감꽃, 복사꽃이
서러움도 모른 채 피고 지는
그 사이에도
달개비꽃이 또 피고

그리고 세월의 강에 실려
나도 그대도 간다

어디로 가는지 아무도 모르는

그 길을 오늘 또 간다

시퍼렇게 살아

죽은 것처럼 잠이 들고
삶처럼 깨어난다
죽음과 삶이 저녁과 아침 사이에 있다

천지간天地間에 돌아갈 집 본래 없고
돌아갈 길도 원래 없는데,
집을 찾고 길을 찾는
내가 아닌 내가 있구나

국숫집에서

책 몇 권 산 뒤
거리를 걸어가다가
눈에 띈 국숫집에 들어가
국수 한 그릇을 시키고
거울에 비친 내 모습을 물끄러미 바라본다

거울 속에 비친 한 사내
낯익은 듯 낯선 듯
분명치 않은
그가 나인가, 내가 그인가?

여한이 없다

여한이 없다
이렇게 말할 수 있는 내 마음을
가만히 열고 들여다보면,
한줄기 맑은 강물이 흐르고
서늘한 바람이 분다

차고 넘칠 만큼 방황했고,
충분히 고통스런 삶을 살았고.
충분히 고독했다
세상에 수많은 길들을 걸으면서
세상의 많은 사람,
수많은 사람을 만났다
충분히 많은 책을 읽었으며,
충분히 슬펐고 쓸쓸했다

내게 남은 생
얼마인지 모른다
그저 마음 내키는 대로

가고 오는 그 길을 걷다가
때가 되면 훌훌 털고
편안해지리라

이윽고 그림자 하나가

이윽고 그림자 하나가 강을 건넌다
허깨비처럼 가볍게 아무렇지도 않다는 듯이
이승에서 저승으로 가는 짧은 길

문득 바람이 불고
잔잔하던 물살이 술렁이면서
한 오리 구름이 피어오른다

태초가 그랬고
지금도 그렇다는 듯이

광기의 시대
– 피장파장

정신병원에서
정신과 의사가
정신병원에 있는
공동 목욕탕에 갔다.

한 정신병 환자가
한가로이 낚싯대를
드리우고 있었다.

한참을 바라보던 의사가
정중하게 물었다.

"고기가 물립니까?"
환자가 대답했다.
"아니지, 이 바보야,
여긴 목욕탕이잖아."

프란츠 카프카가
씁쓰레하게 웃었다.

* 카프카의 낚시질 하는 광인의 이야기.

어디를 그렇게 바삐 가세요?

끊어지나 싶으면 이어지고,
이어지나 싶으면 끊어진다.

오래 인적이 끊어진 산길
나뭇잎 바스락거리는 소리 들으며
길을 찾아 두리번두리번 걷는다.

헐벗은 나무 어딘가
찌르르 휘리릭 찌르르
귀를 살갑게 하는 새 소리,

길은
새 소리를 따라 이어지고,
이어진 길 따라 걷는 나에게
새가 우짖는다.

- 어디를 그렇게 바삐 가세요?
  휘리리리 찌르르

제3부

부안 솔섬에서

철썩~
솔섬 너머
지는 햇살이
바다에 불을 지피고,
내 마음 덩달아 타오르네

철썩!
갯내음이 바람결에 날아오더니
해당화의 꽃봉오리에, 내려앉아
꽃향기와 어울리는 시간

철썩!
온 바다를 태우고
다시 뭍을 향해 타들어오는
붉은 파도에 맞서

철썩~
산을 타고
소리 없이 내려온 어둠

철썩~

밀려오고

밀려가는 소리

저녁이 내리는 소리

추암의 새벽

비 내리다 멎은
동해의 추암
바다는 파랗고 하얗게 들끓고 있었다
세상의 한복판이 싸움터라는 걸
아는 것처럼
밀려왔다 밀려가는 파도
바다는 태풍경보를 갈갈이 찢어버릴 듯
포효하고 있었다

모든 경계를 무너뜨리듯

언젠가 조용해질 것을
아는지 모르는지.

비인 오층석탑에서

– 탑 옆에 서 있던 살구나무

눈에 넣어도 아프지 않을

조선 여인같이 다소곳하게 서 있는

백제탑 옆에 살구나무 한 그루 서 있었다

어느 해 초여름

그곳을 지나던 나는

정림사지 오층석탑을 빼닮은

그 탑을 하염없이 바라보다가

처녀의 해맑은 볼같이

잘 익은 살구를 보았다

무심코 몇 개를 따서

돌아가던 길

잘 익은 살구를 쪼개어

입어 넣었는데,

극락에서 따온 듯

말로는 표현조차 할 수 없는 그 맛에 이끌려

그곳으로 다시 가 손안 가득

그 살구를 따왔지

어느 해 초여름 다시 그 탑을 찾아갔다
아니 성북쪽에 있는
살구나무를 찾아갔다
그런데 살구나무는 온데 간데 없이 사라지고
긴 그림자 드리운 탑만
덩그렇게 서 있었다
조선의 새악시 같은 탑 옆에
살구꽃 피고, 살구가 익는
그렇게 대대손손 세세천년 이어져서
천연기념물로 남을 뻔했던,
살구나무가 사라진
서천 비인 성북리 오층석탑

김포 장릉의 재실

더할 것도
뺄 것도 없다
그냥 그대로
마루에 앉아
건너편 마구간을 바라보기도 하고
불이 꺼진 아궁이를 들여다보며
행여 타다만 감자나
고구마라도 남았는가 들쑤시기도 하고
생솔가지 태우는 매캐한 연기 때문에
옷소매로 눈물 훔치던
그 시절을 떠올리기도 한다

가만히 앉아 있어도 좋고
어정거리고 서성거려도 좋을
장릉의 재실
문을 열고 나가면
고마리 풀이 늪가에 가득
그 잎 위에 떨어진 꽃잎 한 송이

앵무새 가족이

수면 위를 가로지르는 장릉

지금 그곳에도

여기처럼

적막이 담을 두르고 있을까?

생일도生日島

하루 이틀도 아니고
한 달도 아닌
매일매일 생일인 섬
아니 억겁의 세월이 생일인 섬

서성항에서 어정거리다가 보면
용출항에 이르고
금머리 갯길에 펼쳐진 너덜지대를
지나면 금곡해수욕장
노을에 물들어 그리움이 된다는
노을 공원도 있다

다도해의 중심에서
천관산 두룬산 달마산
제주도의 한라산이
가까운 듯 먼 듯 보이고,
용출봉에 달이 떠오르면
약산도 금일도 덕우도 고금도

아니 더 멀리 아스라하게 청산도가
따스한 눈길을 보내는 섬

생일도生日島는 매일 생일이어서
해도 달도 별도
은하수도 초대받은 손님들이다

* 전남 완도군 생일면에 있는 섬.

차이

양각도 국제호텔에서 저녁을 먹고
숙소로 올라가는 엘리베이터에
두 명의 북한 청소부와 같이 탔다
사십 대 후반쯤 될법한 여직원에게
내가 물었다.
"북한에도 사촌이 논을 사면 배가 아프다는 속담이 있
습니까?"
그 여자 눈을 휘둥그레 한 채 대답했다
"사촌이 논을 사면 축하를 해 줘야지,
왜 배가 아픕네까?"
그렇구나, 이곳은 개인 소유가 없으니
사촌이 논을 살 일도 없고
그러니 배가 아플 일이 없겠구나

가만히 바라봤던 그때 그 여자.

* 양각도 국제호텔 (평양 대동강 변에 있는 호텔).

미륵사지

사람들은 말하네
기다리고 또 기다리면
그날이 온다고

바람과 구름과 새들도 말하네
잊어버리고 기다리면
그분이 오실 거라고
그리움이 눈물의 강이 바다에 이르면
모두가 꿈꾸는
미륵의 세상이 환하게 열릴 것이라고

오래고 오랜 세월이 지나서도
오지 않는 그날,
그 사람을 기다리다가 지친 사람들이 말하네
오늘이 아니고
내일이 아니라도 언젠가 꼭 오기는 올 것이라고

어청도

가도 가도
망망한 바다
그 끝자락, 사람들이 사는 섬

물빛이 맑아서 이름조차 서늘한 어청도

한때는 고래 잡는 포경선이
줄을 지어 항구에 들어와
집채만 한 고래들이 항구를 수놓고
조기 파시로 수많은 배들이
장날처럼 붐비던 항구

아이들 울음소리가 사라진 섬
마지막 한 아이가 다니던 어청도 초등학교
그 아이 졸업하면서 폐교가 되었고,
사랑해서 한몸이 되어 사랑나무라고 불리는
향나무 두 그루가
텅빈 교정을 그리움처럼

밤이고 낮이고 지키고 있다

제나라 왕을 추모하는 치동묘 지나
굽이굽이 고개 넘어간 곳에 서 있는 등대를 끼고
사람을 그리워하는 어청도!

슬픔처럼

태인 피향정에 비가 내린다
슬픔처럼, 그리움처럼,
연잎에 슬픔이
방울방울 맺혀 있다

왜 이제야 왔어?

경주 남산 감실부처
다소곳이 앉아서
무슨 생각을 하시는지
누굴 기다리시는지
비가 내리고 바람 불어도
햇살이 눈부시게 쏟아져 내려도
미동도 없이
눈 지그시 감으시고
천 년의 세월을 말없이
앉아계시며 스스로
산이 되고, 침묵이 된 감실부처
나의 할머니 박심청 같은
부처가 남산에서
어쩌다가 가는 나를 기다리고 있다가
바람 소리로 묻네

"왜 이제야 왔어?"

물 위에서 사는 사람들

물 위에서 태어나
물 위에서 살고
물 위에서 죽는다
물살 위에서 배를 타고
물 위에서 농사를 짓고
물 위에서 고기를 잡는다

물 위에서 인연을 만나
물 위에서 사랑하고
물 위에서 자식을 낳아
물 위에서 희노애락을 누리다가
물 위에서 세상을 하직한다

해는 서쪽에서 뜨고
해는 동쪽으로 진다
그 사이 물결이 있고
물결 위에서 삶을 꾸리는
물 위의 사람들

그들이 사는 곳에서
나도 물의 가르침을 배운다

* 시의 배경은 미얀마에 있는 '인레호수'이다.

왕궁리 오층석탑

비 내리다 멎은
왕궁리 오층석탑이
낮은 구름 아래 서 있다

언제 어느 때였는지 모르는
아득한 옛날,
왕이 거닐고 노닐던 왕궁이 있었다는
이야기가 남아
아직도 그 자취를 찾아
서성이고 어정거리는 사람

내가 나인가,
아니면 그 왕이 나인가?
왕을 섬기던 시종이 나인가
우산 위로
후두둑 후두둑
다시 떨어지는
빗방울 소리 들으며

오고 가는 상념 너머
천년의 세월들이
자리를 바꾸면서
머리가 어지럽다

하루에도 열두 번씩 변하는

꿈속에서도 그리던
백두산 가는 길,
삼지연 지나면서부터
눈발이 히끗히끗 날렸다
남파도 아니고, 북파나 서파도 아닌
북한 땅에서 오르는 동파로 가는 길
백두역에는 하얀 눈이
소복이 덮여 있었고
천지로 오르는 삭도는
앳된 여자 기관사의 눈웃음이
환하게 빛나고 있었다
얼마쯤 올랐을까
"천지에 도착했습네다"
안내 방송이 나오고
문을 열자 밀려오는 눈보라의 군단,
여기가 천지인가,
눈보라 치는 시베리아 벌판인가 하고
바라보는데

눈에 가득 차는 천지 표지석

눈보라 속에 보이지 않는 천지
눈이 시리게 푸르른 분화구,
천지를 에워싸고 그 깊은 호수에 그늘을 드리운
장군봉, 망천후, 백운봉, 청석봉은
내 마음속에만 있는가?
망연자실한 채 바라보는 눈보라 속의 천지
그때 바람 사이로 북쪽 안내원의 말이 들렸다.
"백두산 천지는 말이외다
조선 처네들의 마음 같아서
하루에도 열두 번씩이나 변덕을 부려서
오늘은 볼 수가 없습네다"
과연 그럴까, 하는 마음이 들기도 전에
또 들이치는 눈발, 눈발

태항산

산은 깎아지른 벼랑에
구절초 싸리꽃을 피워놓고
아슬아슬한 잔도棧道까지 만들어 놓고
지나가는 사람과 소곤거린다

어서 오게
내가 그립지도 않았어?
가만히 들어봐 저 바람 소리를
시간이 감기는 소리를

* 태항산, 중국의 명산.

내 사랑 소나무

영월 법흥사 적멸보궁 오르는 길에
하늘을 찌를 듯 길게 늘어선 소나무 속,
내가 점찍어 놓은 소나무 한 그루 있네
쭉쭉 뻗은 소나무 가운데 살짝 뒤틀린 소나무,
가뭄에 콩나듯 어쩌다 한 번씩 찾아가서
내 사랑 소나무하고 두 팔 벌려 안아주면
어서 오게, 내 사랑하고 속삭이는 그 소리
문득 솔잎 향내가 온 산을 휘감아 돌고
바람결 빗질하며 오르는 길이
내 고향 산길 같았네
마음 한 귀퉁이가 서늘하다가 문득 포근해졌네

지금쯤 어둠 내린 산기슭에서
그 소나무,
나를 기다리고 있을 것이네
올 때가 되었는데 왜 안 오시는가……
그 목소리 꿈결 같네

북미륵암 가는 길

해남 대흥사
북미륵암 가는 길
하얀 눈이 내린 길
법운 스님이 눈을 쓸고 있었다
시누대가 겨울바람에 떨고
나무들이 바람에 우수수 눈을 떨구는
그 길을 걸어 도착한 미륵암,
문을 열자 보이는 부처님,
그 아래 비천상이 부처님을 경배하고 있다

난 당신이 하시라는 대로
다하겠습니다.
노래를 부르라면 노래를 부르고
춤을 추라 하시면 춤을 추겠습니다.
탄식을 하시라면
탄식을 하고,
통곡을 하라면
목놓아 통곡을 하겠습니다.

두륜산 모든 봉우리들이 무너져 내리게,

당신이 원하는 그대로.

사람들이 나에게

사람들이 나에게 묻네
어쩌면 그렇게 힘도 들이지 않고
휘적휘적 잘 걷느냐고
나는 그들에게 말하네
걷는다 생각하지 않고
여기저기 두리번거리고, 어정거리며
해찰하면서
바람과 구름하고 벗하며
걸어가는 것뿐이라고
그렇게 살다가 보니
여기에 이른 것이라고

제4부

두승산하斗升山河

모든 산이 물에 잠겼을 때
이 산만 두둥실 떠 있었다는
호남평야의 중심, 고부의 진산 두승산
되로 퍼주고 말로 퍼줄 만큼
너르디 넓은 그래서 지평선이 보이고
질펀하게 펼쳐진 바다와 같은 평야가 보이는
이 한가로운 산 아래에서
1894년 동학농민혁명이 일어났다

저기 보인다
밥사발처럼 나지막한 부안 백산
전봉준이 태어난 조소리
김개남 손화중 최경선 전봉준이 만나서
막걸리 한병 앞에 놓고
살겠다! 일어서자!
시국을 논하던
이평의 말목장터
그리고 강일순이 태어난 시루봉 아래

객망리 손바래기 마을

바라보면 주위의 산천은 변함없다
서쪽으로 변산 너머 서해바다
북쪽으로 논산까지 펼쳐진 호남평야
모악산 구성산 상두산을 지나
단풍이 아름다운 내장산이 보이고
동쪽으로 눈에 들어오는 삿갓을 쓴
입암산을 지나면 정읍과 장성을 잇는
갈재가 소진등처럼 펼쳐져 있다

나는 호남평야의 중심
두승산에서
시공을 초월하여 옛 사람들을 만나고 있다
서울에서 제주로 가던
삼남대로의 큰 고개인
갈재를 넘던 매월당 김시습 송시열
또 제주도로 유배를 가던 광해군과 추사 김정희

전주를 향해 진격하던 동학농민군과
불시착했던 화란인 하멜이 저 길을 걸어갔지
어디 그뿐인가, 차천자로 이름을 드날린
차경석이 살았던 입암산 아래 대흥리가
저곳이지,

만물이 오고 만물이 간다

개암사 겨울비

비가 내려서
안개 자욱한 개암사에
하릴없이 겨울비가 내려서
개암사 대웅보전
추녀 끝에 빗방울 떨어지고,
나무로 만든 용머리가 히죽 미소를 짓는 그 사이로
어디선가 두런두런 들리는 소리

오랜 옛날이었지.
기원전 282년이라던가.
이 땅에 마한 변한 진한이라는 나라가 있었을 때야.
서로 싸우고 싸우다가
변한의 문왕이 마한과 진한에 쫓겨 이곳에 왔고,
우와 진, 두 사람의 장수에게 명하여
이곳에 묘암과 개암이라는
두 전각을 지어 왕실로 사용하였다지.
그 세월이 지나고, 백제의 묘련왕사
왕실의 전각을 절로 지었다는데…….

백제는 망하고,

백제의 장수 복신과 도침

의자왕의 넷째 '풍'을 왕으로 옹립하고

결사항전, 백제 부흥운동을 벌였단다.

하지만, 그들 사이 벌어진 틈을 어찌하랴.

풍은 고구려로 쫓기듯 망명하고,

백제 유민들, 이제부터 백제라는 이름은 오늘로써 다했노라고,

고향 땅 언제 다시 밟으리오 통곡하면서

멀고 먼 일본 땅으로 건너갔다지.

오랜 전설을 품은 개암사,

추녀를 타고 내리는 빗소리는

백제 유민들의 통곡인가?

두런두런 나누던 소리도 세찬 빗소리에 잦아드는데,

인간의 역사도, 세상사의 흐름도

별것 아니라는 듯

안개 자욱한 개암사에

속절없이 겨울비가 내린다.

안이쁜이라는 여자

위도 소리 마을에서 나지막한 고개를 넘자 대리 마을
이다.

매년 정월 초사흘 띠뱃놀이가 열리는 마을첫집 담 너머
에서 한 여인네가 부산하게 생선을 손질하고 있다. 가만히
살펴보니, 우럭이 열댓 마리쯤 되고, 망에는 간재미가 들
어 있다.

"뭐하시게요?"

"제사 때 쓰려고 사 왔어요."

"여긴 제사 때 우럭을 놓나요?"

"예."

우럭을 제사 때 쓴다니 흔치 않은 일이다. 뭍에서는 제
사 때 조기를 올려놓는데, 여기선 우럭도 놓고 조기도 놓
고, 그런다는 것이었다. 안동에서는 상어를 올려놓기도 한
다는데, 생각해 보니, 우럭이면 어떻고, 조기면 어떻고, 또
상어면 어떻겠는가?

"어떻게 쓰는데요?"

"손질해서 소금 간을 한 뒤 냉동실에 넣어두었다가 세
마리씩 올려요."

이름을 물었다. "이름은 무슨 이름"하면서, 성이 '안씨'라고 하고서 자근자근 말문을 연다. 아버지가 딸이 이쁘다고 이쁜이라고 지었다 말하면서,

"그니까 내 이름이 안이쁜이지라."

하고 말하니, 그녀도 웃고 나도 웃는다.

지금 서른여섯 살이 된 딸이 배 안에 있을 때, 남편이 배 타고 고기를 잡으러 갔다가 법성포 앞 칠산 앞바다에서 풍랑을 만나서 돌아오지를 않았구먼요. 그래서 지 딸은 유복녀지요. 그 때, 지 나이가 서른 살이었고, 뱃속 딸 아이 말고, 다섯 살짜리 아들이 하나 더 있었지라. 아등바등 살기참 어려웠는데, 시숙이 같은 마을에 살면서 많이 도와주었지라. 근디 서해페리호 사건 때 동서랑 함께 사고를 당했지 뭐요. 오늘이 남편 제삽니다. 남편이 더덕과 식혜를 좋아해서 산에서 더덕을 캐다 심었고, 보리는 엿기름을 만들어 식혜를 만들었구먼요. 남편은 지보다 시 살 더 먹었었는디, 한마을에서 자랐고, 또 그렇게 착혀서 나한테 그렇게 잘할 수가 없었지라. 그래서 매년 정성을 다해 제사를 지내지요.

우럭을 손질하다가 멍하니 하늘을 우러러보던 그 여자
나이 서른 살, 그 나이에 무엇을 제대로 알기나 했을까?
신랑이랑 함께 산 시간보다
청상과부로 더 길고도 긴 세월을 산 여자
안이쁜이라는 이름, 그러나 보면 볼수록
살아온 삶이 거룩하고 예쁜 그 여자 앞에서
나는 할 말을 잃었고, 동행했던 가수 장혜선이
그 여자를 꼭 안아준다.

"그 세월을 어떻게 말로 다 혀유, 그냥 살았지요, 그냥."

하면서 눈 시리게 바다를 바라보는 안이쁜이라는 여자!

눈물

지극한 슬픔에서 오지
탱자나무 열매인 듯
진한 향기 안고서 오지
흠칫 놀라자
어느 새 다가오는

풀잎 속에 숨어 있던 나비
날개를 나풀거리듯
그리운 맘 절절이
샘물처럼 솟아나듯
어둔 밤 길 마다 않고서

어느새
험한 준령 가로질러
바다 물결 뒤로 하고
눈앞에 어리는
눈물.

고사부리성에서 오사五死를 생각하다

마한의 땅이었다가
백제가 되었던 고부,
역사 속에서 살그머니 사라진 뒤
백제의 오방성 중 중방성이 되었고
다시 고사부리성이 된 고부,

고부를 에워싼 고부읍성,
백제 때부터 수축하여
동학농민혁명 당시까지
성을 지켰던 사람들은 누구였던가

굶어 죽고, 얼어 죽고.
병들어 죽고, 매 맞아 죽고.
그리고 성 쌓다가 깔려서 죽고.
옛 시절 다섯 가지, 죽는 것 중 하나인 오사를
떠올리며 걸었던 고사부리성에도
어둠이 내렸을 테지.

고부의 진산 두승산도.

구름속에 아련하던 갈재도.

방장산도

꽃을 찾아 날아다니던 호랑나비도

금세 옛날이 되어

그 시간들을 반추하고 있으니.

시간은 도대체 무엇이란 말인가?

김일손

음식이 너무 아름답게 보여서
차마 먹지 못하고
바라만 볼 때가 있다.
배가 고픈데도 입맛만 다시며
그저 바라만 볼 때가 있다.

길이 너무 아름다워서 발걸음을 떼지 못하고
머뭇머뭇 멈칫멈칫
주위를 맴돌기만 할 때가 있다.
갈 길은 먼데 해가 저무는데.

한 사내가 길을 가다가
가던 길 멈추고 멈추고 하다가
하염없이 주변을 바라보다
경탄敬歎에 경탄을 거듭하고서
강시降詩가 내린 듯 썼다.

"아름다운 여인佳人과 헤어지는 것과 같아
열 걸음을 걸어가다가 아홉 번을 뒤돌아보았다."

세차게 흐르는 강물도 멈출 것 같고

하늘을 흐르는 구름도
시간도 멈출 것 같은 순간을 만난 것이다.

"멈추어라! 순간이여! 너 정말 아름답구나!"

그때 그의 정신은 한껏 고양되고
한 단계 상승했다.

경탄하면서 춤을 추고
노래를 부르는 그 순간이
바로 무아지경!

자연 속에서 자신을 잊어버리고,
저절로 자연이 되며
신선이 되고, 한량이 되는 그 시간,

역사 저편에 있는 그는
행복할까?

* 김일손金馹孫은 김종직의 제자로 〈조의제문〉 때문에 무오사화로 화를
입은 사람이다. 그가 지금은 충주댐에 잠긴 남한강의 구담봉과 옥순봉 일대
를 걸어가면서 "아름다운 여인과(…) 아홉 번을 뒤돌아봤다."는 글을 남겼는
데, 누구에게나 이런 순간이 있다.

나는 신랑 얼굴도 몰라

김석녀金石女를 만난 것은
삼척시 하장면 길가에 있는 간이 정류장이었다
배낭을 메고 있던 할머니에게
"어디 다녀오시는 중이세요?"
"친정에요"
"친정이 어디신데요"
"저그 삼척 미로면이야"
"아, 근처에 천은사가 있지요"
"어떻게 천은사를 알아요?"
"이승휴라는 사람이 그 절에서 〈제왕운기〉를 지었지요.
언제 시집 오셨어요"
"열아홉 살에 시집왔는데,
나는 신랑 얼굴도 몰라"
문득 이상해서 물었다.
"왜요?"
"삼 년 살다 신랑은 국방경비대에 끌려 가버리고
그때부터 이날 이때까지 소식도 몰라"
"아들은 있었어요?"

"아들 하나 났어, 내가 시집왔을 때
시어머니 나이가 서른일곱이었는데,
시동생이 넷이었지.
시아버지는 나이를 많이 먹었어도
내가 온 뒤에 넷을 더 낳아 내가 똥오줌 갈아내며 다 키
웠지"

젊은 시어머니 밑에서 논은 구경도 못하고, 강냉이와 감
자, 그리고 조를 심으며 살아온 한평생이랬다. 첩첩산중이
라서 산과 산 사이에 빨랫줄을 매고 산다는 정선 산골의
하루, 신새벽에 일어나 얼굴에 찬물을 찍어 바르고 감자
서너 개 싸 가지고 밭에 나가 하루종일 밭일을 하고 어둠
이 내린 뒤 돌아와 쓰러질 듯 몸을 누인 세월, 그러다가 영
문도 모른 채 생이별을 했으니,

지금은 지난 세월조차 가물가물하다는
신랑 얼굴도 모른다는 여자
"사람들이 나를 쑥맥이라고 해"

슬픔이 강물로 변해 흐르고 흐르던 한강 상류 길,

기다림도 지치면 노여움이 되고

그리움도 지치면 서러움이 된다던

김석녀라는 슬픈 여자

신화가 되고 역사가 된 사람

그해 겨울은 유독 추웠다.
731부대와 송화강이 흐르는 하일빈을 거쳐
만주리로 가던 길에 들렀던
여순旅順(뤼순) 감옥
입구에 한 사람이 그림처럼 앉아 있었다.
그가 이 세상에서 생을 마감한 나이
서른두 살
문득 장탄식이 흘러나왔다.
"나는 너무 오래 살았구나!
예수는 서른세 살에
많은 사람에게 기쁨과 슬픔을 주면서
이룰 것을 다 이루었고,
그는 서른두 살의 젊은 나이에
이 세상에서 살았던 사람으로서의 할 일을 다하고
이 세상을 떠났다.
그런데, 나는 할 일도 다 못하고,
그 나이를 훌쩍 넘겼으니,"
누군가는 말했지.

"오래 살아야 할 사람은 빨리 죽고
빨리 죽어야 할 사람은 오래 산다."라고
어떻게 사는 것이 바르게 사는 것인지,
정면을 아니 허공을 눈 부릅뜨고 응시하는 사람
그의 이름은 안중근
"3년 동안 풍찬노숙하다가……
그 목적을 달성하지 못하고,
이곳에서 죽노니"
그의 유언을 되새김하며 그 현장을 벗어나
발길을 옮기는데
나직한 목소리가 환청처럼 들렸다.
"여보게!
사는 것이 별것이 아닐 수도 있지만
별것일 수도 있네.
순간순간을 잘 살게나."
여정을 재촉해 찾아간
731부대와 하일빈역 앞 그 현장,
1909년 10월 26일,

그는 이곳에서 이토 히로부미에게
총격을 가했고, 그 순간,
신화가 되고, 역사가 되었다.
그해 겨울은 유독 추웠다.

竹島를 죽도록 사랑했던 한 남자

천하에 상남자가
어느 날 문득
산천을 노닐다가
아름답고 오묘한 풍경에 반해
죽도 선생이라고 자호를 지은 섬

산죽이 많아서 죽도竹島라 지은
그 섬을 그리워하고 사랑해서
서실 하나 지어놓고 오가면서
제자들을 가르쳤다지

기축년이라든가, 그해 가을
산천이 오색찬란하게 물들었다가 시들 무렵
조선팔도를 뒤흔든 역모 사건이 일어나
그 사내 이 섬에서 생을 마감했다지
장렬하게 자기가 꽂아 놓은 칼에 목을 찔러
자살했다고도 하고
혹자는 때려죽이고선 자살했다고 꾸며

의문사로 남은 이 사건을
기축옥사라고도 부르고
정여립 모반사건이라고도 부르지

결국 이 나라에 거센 피바람이 일어나
알토란 같은 조선 선비 천여 명이 죽었고
그로부터 3년 뒤인 1592년 임진왜란이 일어났지?
선조가 시시때때로 동인과 서인을 시험하던 그 때에
불경스럽게도 "천하가 공공의 물건"이고
"임금이 임금 같지 않으면 갈아 치워야 한다"라고 말하며
평등 세상 대동 세상을 만들자고 했다지
세계 최초의 공화주의를 설파했던 그 사람

슬픔도 없이 반성도 없이 내리는 비.
그리움이 깊으면 사랑도 깊고
사랑이 깊으면 슬픔이 되어 흐르고 흘러
바다로 간다는 것을
바라보고 또 바라보다가 깨달았다지

위리안치圍籬安置

"어서 가라!" 말했다.
산 설고 물 설은 땅
삼수갑산만큼 먼 땅으로
걸어가라 했다
이마에 피도 안 마른 젊은 숙종이
내린 지엄한 명령
한강을 건너 양재역을 지나
달이내 고개, 널다리(판교)를 거쳤다
김량장, 태평원과 대소원을 지나서
달래강을 건너
수안보의 따끈따끈한 온천물에
몸을 담그는 것은 가당찮은 일
어서 가라, 어서 가, 라는 호송꾼들의
말 채찍 소리 들으며 가는 유배길

소조령 가파른 고개를 넘자
새조차 넘기 힘들다는 조령 날망에 이르고
구부야 구부야 이어지는 문경새재

조령주막의 주모에게
"여보게 주모! 술 한 잔 주게"는
꿈에서나 가능한 일,
토끼 벼리를 지나 영강을 건너고,
상주 낙동에 이른다
낙동강 천삼백 리 물길이
쉬어가라 잠시 길을 막는다

그림처럼 물끄러미 서 있는 관수루를
힐끗 치어다 보고
선산 칠곡을 지나 대구에 이른다
어허, 무심타!
대구의 하늘은 검은 구름이 가득
금호강 건너 영천을 지나자
해를 맞는 영일에 이른다
영일에서 장기는 지척,
여기가 젊은 숙종이 노구老軀를 이끌고
등 떠밀면서 가라는 곳이었구나

찢기고 상처 난 몸과 마음을 내려놓는다
잠시 쉬는 것도 아니고
고향에 돌아갈 날은 알 길이 없다
탱자나무 울타리로 겹겹이 막아
날아가는 새도 푸른 하늘도 보지 못하게 만든
위리안치圍籬安置 그래, 여기가 그가 머물 국립호텔

어느 날인가
그를 따라와 머무는 골수 선비에게 물었다
"내가 한 번이라도 위리를 벗어난 적이 있었는가?"
"아닙니다. 한 번도 없었습니다"
"그러면 그렇지.
내가 어떻게 지엄한 명을 어기겠는가"
그의 이름은 송자朱子, 공자孔子나 맹자孟子처럼 불리고
성인이라고 추앙받았던 송시열朱時烈,
위리안치! 그것이 그의 운명이었다.

오래된 옛날

나라 안에서 가장 큰 죄를 저지른 사람들에게
내렸던 참혹한 형벌이 도처에서
아니, 세계 곳곳에서 일어나고 있다.
신기하지 않은가?
무엇이 근원인지 무엇이 죄인지
영문도 모른 채 혼자가 아닌 집단이 나라가
봉쇄되고 유배되어 갇히는 세상,
이 세상은 어디로 가고 있고
나와 당신은 어디에 서 있는가?

* 송시열은 결국 83세가 되던 해
  정읍에서 숙종이 보낸 사약을 먹고 세상을 하직했다.

여강驪江에서 목은 이색李穡

한 사내가 울고 있었다
하루 내내 숫제 통곡이었다

내가 여기 온 것은 실컷 울고 싶었기 때문이라는
그 옆에 한 사내가
억장이 무너지는 듯 지켜본다
그의 역할은 그를 바라보는 일,
그의 슬픔에 동참하고 같이 가슴 아파하는 일,
눈물짓다가 같이 통곡하다가,
그 슬픔이 개울이 되고, 강이 되어 흐르고 흐르다가
서해 바다가 되는 것을 바라보는 일이리라.

그의 무너지고 쓰러지는 슬픔을 보다 못한 그 사람,
여기저기 수소문하여
사람들을 모으고, 그 사람들과 함께
벽절이라고 불리는 신륵사 앞, 여강으로 간다
그리고 그를 위한 뱃놀이에 나섰다.
누군가 그를 위해 술 한 병을 보내왔고,
뱃놀이 시작에 앞서 술 한 잔을 따라서

그에게 주었다.

그런데 그만, 그 술 한 잔을 마시자마자

그 자리에서 피 토하고 그가 세상을 등졌다

술은 독주毒酒였다

여말선초에 목은牧隱이라는 호를 가졌던 이색

그에게 술을 보낸 사람이 정도전이라고도,

이성계라고도, 어떤 사람은 경기감사였다고도 하는데,

때가 늦어서 특위를 구성할 수도 없는

아주 케케묵은 오래전 나라 이야기라서

지금까지도 그 죽음은 그냥 의문사로 남아 있다

고금이 지금이 되는 지난한 세월 속에서

나라가 무너지고 수십 세대가

뒷강물이 앞강물을 밀어내듯 자리를 바꾸었다

여강驪江이라고 불리는 남한강의 물길은

흐르고 또 흐르고 있다.

그 시절의 역사를 아는지 모르는지

그대에게 사랑한다 말할 때

그대에게
사랑한다
말하지 않으리.

사랑이란 말 속에
숨은 그 무엇,

내 어찌 그대를
사랑한다!
말할 수 있으리.

푸른 산에 맑은 물
하늘은 푸른데,

그저
멀리서 바라보며
그윽한 눈빛으로 바라다볼 뿐,
바라다볼 뿐.

봄눈

뜬금없이 눈이 내리고
내린 눈 금세 녹는다.

문득 왔다가 떠나간
풋사랑 같이.

내 그리움은

옛날도 아주 오랜 옛날,
물이 졸졸 흐르는 시냇가에서
누군가를 사랑하는 그리움이 넘쳐흘러,
어느 순간 강물이 되어
여기까지 흘러왔습니다.

물풀水草들이 흔들거리고,
물고기들이 유유히 헤엄치는
그 물결 사이에 누워서
구름과 햇살, 그리고 푸른 하늘을 바라보며
유유히 흘러갑니다.

산과 산 사이를
헤집고 흐르는 그 강 위에
붉은 햇살이 사위어 가는가 싶더니,
어둠이 내리고, 밤은 깊어갑니다.
한 줄기 빛이 어둠 속에서
내게로 다가오는 듯싶어 바라보니,

눈썹 같은 초승달이 산을 넘어옵니다.

빛은 어둠 속에서 더 빛납니다.
그리움도 어둠 속에서 더욱 깊어집니다.
강물 속에 달빛이 어리고,
그리움이 달빛을 따라 흐릅니다.
강물은 흐르면서 점점 더 넓혀지고
내 그리움도 저 강폭처럼 부풀었습니다.

밤은 더 깊어지고
달빛은 더 밝아집니다.
내 그리움의 끝이 머지않았나 봅니다.

서정의 바다에 다다른 산의 서사

박태건(시인, 문학박사)

신정일 시인은 내가 아는 사람 중에서 가장 많이 걷는 인문학자다. '우리땅걷기' 이사장으로 활동한 내력을 살펴보면 그를 '길의 정령'이라 불러도 과언은 아닐 것이다. 신정일 시인의 시집 『아직도를 사랑하는 까닭은』의 원고를 읽으며 부정의 부정은 강한 긍정이라는 말이 떠올랐다. '아직도'라는 것은 사랑의 문법에 대한 현상학적 인식과 더불어 '그럼에도 불구하고'라는 의미가 있다. 따라서 이 시집의 '아직도' 뒤에 '걷는다'라는 단어를 넣어도 될 것이다.

이 시집은 시인의 걷는 이유에 대한 자기 물음에 대한 답이 시편으로 오롯이 담겨 있다. 시인은 삶에 목적이 길 위에 있는 것처럼 걷는다. 신정일의 사유는 길 위에 있고, 길은 몸으로 쓰는 원고지인 셈이다. 이 글을 쓰는 순간에도 그는 걷고 있을 것이며, 길에 대한 원고를 쓰고 있을 것이다. 그러므로 '걷는다'는 행위와 '쓴다'는 행위는 그에게 '왜 사는가'와 같은 실존의 물음과 같다. '아직도'라는 단어는 신정일 시인이 육필로 쓰는 시의 문법인 셈이다.

시집의 제목을 '아직도'라는 단어로 시작한 것도 '걷는 인류'의 숙명을 이어받은 종족의 후예임을 자임한다. 현생 인류는 아프리카 대륙의 칼라하리 사막을 떠나 약 6만 년 전부터 걸어왔다. 걷는 행위는 인류사의 기원인 셈이다. 정착지를 벗어나 위험을 무릅쓰고 처음 걸어간 이는 누구였을까? 시인은 인도와 중국을 거쳐 한반도까지 걸어온 그들의 후예인 셈이다. 현생 인류가 정착지를 떠나 걸어간 것은 생존을 위한 선택이었을 것이다.

신정일 시인은 역사의 현장을 걷는 자신의 모습에서 역사적 인물의 고뇌를 발견한다. 그래서인가. 이 시집에서는 '아슬아슬'하다는 말이 자주 등장한다. 시인은 가파른 절벽의 잔도를 걷듯 '아슬아슬하게' 걸어왔다. 시인의 길에서 보낸 시간의 사유가 이번 시집 『아직도를 사랑하는 까닭은』에서 부정에서 긍정을 찾는 희망의 어법으로 표현된다. 이제 길의 시인이 자신의 다른 모습을 찾아가던 실존의 기록을 시편을 통해 살펴보자.

내가 '아직도'라는 말을
사랑하는 까닭은
내 마음속에

이해할 수 없는, 설명할 수 없는
수많은 그리움이
파도처럼 넘실거리기 때문이다.

내가 '아직도'라는 말을
사랑하는 까닭은
아직도 가야 할 미지의 곳이
섬처럼 남아 있다는 것이고,
걸어가야 할 길이
길길이 펼쳐져 있어서
잠시도 멈추지 않고,
아직도 가슴이 뛰기 때문이다.

내가 '아직도'라는 말을
사랑하는 까닭은
아직도 그 섬이
어딘가에서 푸른빛 단장을 하고
내게 들려줄 절절한 이야기를 간직한 채
여전히 나를 기다릴 것만 같기 때문이다.
　　　　　　　　　—「아직도를 사랑하는 까닭은」 전문

　'아직도'라는 섬은 시적 화자의 이상향이다. '아직도'는
과거의 특정한 공간이자 미래의 가상의 공간이자, 시인의
정신적 지향을 말놀이를 통해 장소성으로 구현한 것이다.

그것은 '오늘도'라는 구체적 시간과 '어딘가'라는 불확정적 장소와 만난다. '아직도'의 사전적 정의를 살펴보면 어떤 일이나 상태가 완성되기까지 시간이 더 지속되어야 함을 나타낸다.

따라서 이 시를 문맥적으로 살펴보면 시인이 '사랑하는 까닭은' 시인의 목적이 완성되지 못하고 있음을 의미한다. '아직도'는 시인의 역사적 시공간과 소통하고자 하는 삶의 문법일 것이다. 그러나 과거의 모든 순간의 모든 시도가 완성되지 못했지만, 여전히 그것에 도달하기 위해 현재의 상태를 유지하겠다는 다짐이다.

그리하여 '아직도'라는 삶의 자세를 통해 시인은 길을 걷고 역사와 질문한다. 그것은 '아직도'가 자신을 '기다릴 것만 같다'는 낭만적 희망에 기인한 것이다. 한번도 가지 못했으나 여전히 '아직도'라는 섬을 찾는 그의 자세는 부조리극의 대가인 사뮈엘 베케트의 「고도를 기다리며」를 떠올리게 한다. 부정의 부정은 강한 긍정을 낳는다. 아직 오지 않은 미래까지 시인의 삶의 자세는 유지될 것이다. 베케트의 소설에서 앙상한 나무 아래, 오지 않는 고도를 기다리는 블라디미르와 에스트라공에게 시인은 스스로 고도가 되어 찾아간다. 아직 오지 않았다고 그렇다고 결코 오지 않지는 않을 것이라는 부정의 부정을 통해 시인은 부조리한 세계를 넘어서려 한다.

아마도 시인이 '아직도'를 찾게 되는 날은 시인이 평생 추구했던 길에 대한 사랑이 완성되는 시점일 것이다. 그런데 언제가 '아직도'가 맞는지에 대한 기준이 모호하다. '아직도'는 경험하지 못한 상상의 장소이기 때문이다. 그래서 시인은 길을 걸으며 '아직도'에 가까운 이상향의 형태를 과거의 한 순간에서 찾으려 한다. 시집에 등장하는 색채적 이미지가 흐릿하고 희미한 것은 그 때문이다. 어떤 곳이 '아직도'의 모델임을 선명하게 제시하지 못하기 때문에 시인의 길 찾기는 '아직도' 지속되어야 하는 것이다.

> 반딧불이 지천이던 시절
> 한밤중에 반딧불 서너 마리를 잡아
> 꽃 속에 넣고 꽃을 오무리면
> 등불이 되어
> 깜빡거리던 호박꽃!
>
> 내 유년을 쓰라리게 밝히는 꽃
> ──「호박꽃」 전문

시인의 유년 시절이 추억의 한 장면으로 서정적으로 그려진다. 시인은 반딧불이 지천이던 시절 호박꽃 속에 반딧불이를 넣어 '호박꽃 초롱'을 밝히던 시절에서 지금까지 이어온 시간을 반추한다. 이는 첫 시집에서 사실적으로 드러난 가난의 풍경과 시적 자아가 화해하고 있음을 의미한다. 시인은 호박꽃송이를 오므리던 유년의 기억을 회상하며 고향 집으로 찾아간다. 과거의 기억은 시간이 지날수록 호

박꽃에서 깜박이던 반딧불이처럼 '유년을 쓰라리게 밝힌
다.' 시인이 떠올린 낭만의 충동으로 닿은 곳은 '고향'이라
는 단어일 것이다. 떠도는 자에게 고향은 영원히 가 닿을
수 없는 상실된 장소다. 시인은 돌아갈 수 없는 고향의 이
상향을 찾아 이곳에서 저곳으로 끝없이 걷는다.

시적 화자는 그 문 너머에 기적이 없음을 예감하고 있으
면서도 혹시나 하는 마음에 문고리에 손을 얹는다. 아무도
없음을 알면서도 혹시나 기대하는 마음의 기원은 낭만적
충동에서 비롯된다. 그러나 이러한 기대는 '아직도'가 주는
불확실성에 근거하고 있음으로 선명하지 못하고 흐릿하게
묘사된다. "어둠 너머 보이는 희미한 불빛"(「소리」), "흐릿
한 호롱불 아래 물레가 돌아가고"(「이 잡는 남자」), "저 문
을 열면/무엇이 보일까/고향 집 토방이 보일까//문을 닫고
추녀를 보니/이 집처럼 텅텅 빈/몇 개의 벌집"(「문 닫힌 점
방」) 과거는 흐릿하고 희미하다.

신정일 시인에게 길을 걷는 것은 '구도求道'의 행위다. 시
인은 길 위에서 "차고 넘칠 만큼 방황했고,/충분히 고통스
런 삶을 살았고,/충분히 고독했다/세상에 수많은 길들을
걸으면서/세상의 많은 사람,/수많은 사람을 만났다/충분
히 많은 책을 읽었으며,/충분히 슬펐고 쓸쓸했다"(「여한이
없다」) '여한이 없다'는 말은 부정의 부정이다. 시인이 그동
안 걸었던 길은 선인들이 걸었던 길. 그가 다시 걸었던 길
은 "굶어 죽고, 얼어 죽고,/병들어 죽고, 매 맞아 죽고,/그리
고 성 쌓다가 깔려서 죽고."(「고사부리성에서 오사五死를 생

각하다.) 역사의 뒤안길로 쓸쓸히 패배한 민중의 길이다. "시누대가 겨울바람에 떨고/나무들이 바람에 우수수 눈을 떨구는"(「북미륵암 가는 길」) 길을 걸어 도착한 곳은 미륵암이기도 하고 항구이기도 하고, 또 다른 길의 끝이기도 하다. 시인은 역사가 된 길을 다시 걸으며 '산다는 것은 길을 걷다가 죽는 일'이라는 것을 문득 깨닫는다. 고희의 나이에 '아직도' 길에서 사유하고 길에서 쓰는 그를 '길의 사제'라고 불러도 좋으리라.

이번 시집에서 등장하는 밤과 관련된 시어는 자신을 돌아보는 상념의 시간을 의미한다. 밤은 고독이 오롯이 시인을 둘러싸는 시간이다. "밤이 어느 순간 내려왔습니다./살며시 내려앉은 밤의 한가운데서/나는 창문을 활짝 열지 않고/반쯤만 열어둡니다/오는 꿈도 가는 꿈도/여미가 있어야 할 것이니까요/(중략)/저 혼자서 슬픔에 잠겼다가/새벽녘에서야 깨어날 것입니다"(「반딧불 켜진 밤에」), "지금은 깊은 밤/문을 다 열어 놓았습니다"(「밤손님께」) 등의 시편이 그렇다. 밤은 슬픔과 회한이 밀려오는 홀로 된 시간이며, 고독을 확인하는 시간이다. 존재의 고독을 견디는 자가 새벽을 기다리는 것은 깨달음의 시간을 희구하기 때문이다.

신정일 시인은 밤이라는 시간대가 주는 아련한 감상에 취하다가도 옛 선인의 모습을 떠올리면서 자신을 다잡는다. 그는 칠흑 같은 현실에 안주하지 않으려 한다. 오히려 길을 걸으며 만난 선인들의 고매한 정신을 간직하며 정직한 소리를 내려고 다짐한다. 그것은 어둠 속에서도 진실과

양심의 소리를 내려는 선구자적인 자세가 시인의 내면에 자리하고 있기 때문이다. 시인은 "창문을 열고 어둠 너머/보이는 희미한 불빛들을 바라보면/어디선가 들리는 음성"(「소리」)에 귀를 열고 "태풍경보를 갈갈이 찢어버릴 듯 포효하는 파도소리를 들으며 모든 경계를 무너뜨리"(「추암의 새벽」)는 결기의 정신으로 세상을 바로 볼 것을 다짐한다.

신정일 시인에게 '걷는다'는 행위는 실존을 확인하는 길이다. 시인은 "거리를 걸어가다가/눈에 띈 국숫집에 들어가/국수 한 그릇을 시키고/거울에 비친"(「국숫집에서」) 자신의 낯선 모습을 물끄러미 보며 '그가 나인가, 내가 그인가?'라고 자문한다. 먼저 걸었던 이들의 발자국을 따라 옛길을 다시 걷는다는 것은 죽은 이의 타협하지 않는 정신을 상기하는 것. "길이 너무 아름다워서 발걸음을 떼지 못하고/머뭇머뭇 멈칫멈칫/주위를 맴돌기만 할 때"(「김일손」) 시인이 발견한 역사적 시공간은 치열하게 현현한다. 과거의 인물과 함께 걸으며 시적 화자는 정서적 황홀감에 빠진다. 김일손은 세조의 찬위를 풍자한 김종직의 '조의제문'을 사초에 적었던 연산군 때의 사관이다. 당대 권력자들에게 강직했던 그의 모습을 떠올리면서 자신의 모습을 비춰본다. 걷는 행위는 자신이 살아있다는 것을 실감하는 시간이기 때문이다. "누더기 못 벗은 세월을 살게 하는/먼 듯 가까운 듯/그대 발걸음 소리"(「소리」)를 따라가는 행위다. 발걸음 소리는 걷는 행위가 계속될 때만이 지속된다. 그리하여 소리를 따라 걷는 그의 걸음은 멈출 수 없다. 길道을 찾아 걷는 사람은 구도자라 부른다. 지금은 사라진 보이지 않는 세계를 찾아 걷는 신정일 시인을 길의 구도자라 불러도 좋을 것이다.

> 산은 깎아지른 벼랑에
> 구절초 싸리꽃을 피워놓고
> 아슬아슬한 잔도棧道까지 만들어 놓고
> 지나가는 사람과 소곤거린다
>
> 어서 오게
> 내가 그립지도 않았어?
> 가만히 들어봐 저 바람 소리를
> 시간이 감기는 소리를
>
> ─「태항산」 전문

위의 시에서 깎아지른 벼랑은 시간의 절대성을 의미한다. 산은 시간을 초월하여 존재하므로 벼랑에 핀 구절초, 싸리꽃의 위치는 시인 정신의 높이를 의미한다. 시인의 정신이 자리한 산은 역사적 산일 것이다. 그런데 산의 정신을 따라가기엔 인간의 걸음은 아슬아슬하기만 하다. 날은 저물고 몸은 고된데 어디로 가야 한단 말인가. 이육사 시인이 「절정」에서 '한 발 재겨 디딜 곳조차 없다'고 노래한 것처럼 절망에서 시인은 환청처럼 "어서 오게 내가 그립지도 않았어?"라는 신비의 인물이 속삭이는 음성을 듣는다. 그 소리는 절대적 존재이기도 하고 역사 속의 인물의 이야기도 한다. 이 음성은 바람으로 표현된다. 신의 기척인 바람이 가시성을 갖게 될 때는 꽃이 흔들릴 때다. 신의 질서인 시간은 한 치의 오차도 없이 흘러가고 이 절대적인 역사적 시간 앞에서 선 시인은 서정의 가능성을 꿈꾼다. 고대 가요 '헌화가'의 모티브에서도 확인되었듯이 절벽에 핀 꽃은 미학적 가능성을 내포하기 때문이다.

'시간이 감기는 소리'란 꽃처럼 피고 지는 인간사의 한 일면을 이야기하는 것. 시인은 자신의 의지를 절벽에 핀 꽃에 묶어놓고 영원한 시간의 흐름을 바람소리로 듣는다. 꽃의 흔들림이 시간의 태엽을 감고 있다고 표현하는 것이 감각적이다. 그렇다면 위의 시에서 등장하는 '지나가는 사람'은 실존 인물이거나 상상으로 만나는 역사적 인물일 것이다. 시인은 천길 낭떠러지의 협곡 사이로 아슬하게 난 잔도를 걸으며 역사적 인물과 상상 속에서 소곤거린다. 깎아지른 절벽에 피워낸 꽃을 '아직도' 잊지 못하기에 시인은 '아직도' 걷기를 지속하는 것이다.

시인이 싸우는 벽의 존재는 2019년 발간한 첫 시집(『꽃들의 자술서』)에서도 등장한다. "눈뜨면 벽/차디찬 벽이 있고/가까스로/밀어뜨리면/다시 벽이 있다/밀면 벽 /다시 밀면 벽/무너뜨려도/무너뜨려도/쏜살같이 나타나/태산처럼 나를 압도한다(「벽」 전문). 첫 시집에서 언급된 벽은 시인을 가로막는 현실적 한계를 의미했다. 그런데 이번 시집에서 시인은 벽과 싸우는 대신 절벽에 꽃을 피워낸다. 이 꽃은 시인이 견지한 고독한 정신의 고갱이를 의미한다. 꽃은 '벼랑에 홀로' 핀다. 벼랑에 꽃을 아슬아슬하게 피워내는 정신이 시인이 현실을 견디게 한 삶의 자세다.

> 나약하고 겁이 많았던 한 꼬맹이가
> 백척간두에 한사코 매달려 있다
> 아슬아슬한 일들을 겪고 난 뒤에야
> 삶은 아름다워지는 것
> 존재는 골방 속에서도 쌀알처럼 빛나는 것이라고
> 아슬아슬 말하는 것 같다
> 바람을 타며 벼랑에 한사코 피어 있는 구절초
>
> —「구절초」전문

구절초는 우리나라 산천에 핀 가을 들꽃의 대명사다. 앞에서 언급한 「태항산」처럼 '구절초'도 아슬아슬한 일을 겪고 난 후에 꽃을 피운다. 같은 제목의 시가 시인의 첫 시집(『꽃들의 자술서』)에도 실려있다. "아름답다!/누가 말하지 않아도/홀로 벼랑에 핀 저 꽃./바람에 흔들린다//내 마음 아슬하다"(「구절초」) 시인에게 '아슬하다'는 말은 그가 견지했던 삶의 태도를 나타내는 형용사다.

신정일 시집에 등장하는 꽃은 서사가 서정으로 변환될 때 새로운 서사의 가능성으로 개화한다. '꽃'은 시적 화자가 감각적으로 느끼는 바람이라는 실제계를 만나 촉매작용으로 개화된다. 시인이 벽(벼랑)에 꽃을 피워낼 수 있었던 것은

'백척간두에 선 절박함' 때문이었을 것이다. 시인은 이제 '한 집안의 소망이 그려진 희디흰 벽'(「흰 종이 위에 쓴 말」)에 꽃을 피워내는 힘을 갖게 되었다. 그것은 세계의 끝에서 새로운 길을 발견하듯이 막막함에서 꽃을 상상하는 반전의 시학이다. 이와 같은 예는 다른 시에서도 확인할 수 있다. '지나가는 바람결에 /그 향기 뿜어내면서/한 시절을 살다 갈/능소화여'(「능소화」), '저 빨간 양배추꽃'(「저것 봐, 저것 봐」), '희망과 기쁨의 꽃은/피어났을까?/그를 쓰러뜨린 총소리는/푸르른 하늘이 되고/들꽃이 되고'(「키릴로프」) 등이 그것이다. 호박꽃은 '유년을 쓰라리게 밝히는 꽃'(「호박꽃」)이며, 달개비꽃은 '서러움도 모른 채 피고 지'며(「강은 흐른다」), 해당화는 '파도가 밀려오고 밀려가며 저녁이 내리는 소리'(「부안 솔섬에서」)와 함께 핀다. 시인은 '조선의 새악시 같은/탑 옆에 살구꽃 피고'(「비인 오층석탑에서」), '고마리 풀이 늦가에 가득/그 잎 위에 떨어진 꽃잎 한 송이'(「김포 장릉의 재실」)가 피었다 지는 순간을 '시간이 감기는 소리'로 듣는다.

어제도 아팠고
오늘도 아프다
알 수 없지만
내일도 또 아프리라

나는

벽을 향해 돌아눕는다
중요한 것은 내가 아프다는 것,
나는 안다.
그 아픔이 나를, 내가 나를,
더 절절하게 만나게 한다는 사실을.

지금, 이깟 몸살에도
비실거리고 침울하다만,
내가 돌아갈 무렵
다시 찾아올 아픔은
어떤 모양새로 내 몸을 견디다가
죽은 몸에서 탈출할까

—「몸살」전문

　벽은 '어제도, 오늘도, 내일도 아플' 자신을 만나는 거울
이다. 시인은 아픔을 통해서 자신을 절절하게 만난다. 아픔
의 통각은 자신을 확인하는 기재인 셈이다. 그리고 이 아픔
은 자신이 죽을 때만이 자신을 떠난다. 어쩌면 아픔은 상처
의 감정인데 아픔보다 더 아픈 자신을 견뎌주는 손님인 셈
이다. 그래서 아픔은 "어떤 모양새로 내 몸을 견디다가/죽
은 몸에서 탈출할까"라고 말한다. 아픔은 몸에서 해방되는
것이 아니고, 탈출할까라고 표현한다. 죽음은 육체가 사라
지면서 아픔이 떠나는 것이 아니라, 정신이 머물고 싶은 몸
에서 탈출할까라는 진술은 고독이 아픔의 상위에 존재한

다는 것을 의미한다.

한편 위의 시에서 '내일도 아플 테지'라는 문장과 '벽을 향해 돌아눕는다'는 '벽을 향해 돌아눕는' 행위에 담긴 보이지 않는 신음 소리가 담겨있다. 이 실존의 신음을 통해 '내가 아프다는 것'이 생생하게 느껴진다. 육체가 죽고 나면 아픔도 느낄 수 없기 때문이다. 그래서 아픔을 느끼는 육체의 고통이 실존의 느낌이라면 아픔을 통해 '나를 절절하게 만나는 행위' 역시 실존을 확인하는 생의 연속이 된다. 그렇다면 왜 시인은 아픔을 통해서라도 '나를 절절하게 만나'고 싶은 것일까? 그것은 내가 어디서 시작되고 어디로 가야 하는지를 매 순간 점검하려는 시인의 염결성에 기인한 것이리라.

이제 시인은 '비실거리고 침울하다만' 뒤에 '쉼표'를 배치함으로써 아픔을 기다린다. 몸살은 나의 실존을 확인하는 이벤트이기 때문이다. 시인은 '이깟 몸살에도 비실거리고 침울하다'는 자신의 상태를 인식하고, '만'이라는 조사를 덧붙인다. '~만'이라는 조사는 '그럼에도 불구하고'를 의미하는 강조 화법이다. 시인은 이런 반전의 화법을 통해 병이 시작되는 상태를 두려워하거나 피하지 않는 모습을 보여준다. 이제 아픔은 실존을 확인하기 위한 적극적 행위임으로 '찾아올 아픔'을 기다리는 순응의 자세가 된다.

과거의 시간은 인물의 이야기로 남는다. 이번 시집에 등장하는 역사적 인물은 당대의 시대정신으로 시대의 벽과 싸웠던 이들이며 현실에서는 실패했으나 그것으로 역사에

'꽃'이 된 이들이다. 시인은 역사적 장소를 답사하면서 시대의 벽과 싸웠던 선인들의 흔적을 찾아간다. 시인은 백제 무왕의 꿈을 익산에서 「비인 오층석탑에서」, 「미륵사지」, 「왕궁리 오층 석탑」을 찾고, 폐망한 백제의 부흥을 왕자 풍의 흔적 찾아 부안의 산사에서 만난다.(「개암사 겨울비」) 진도에서는 대동세상을 꿈꿨던 정여립(「죽도를 죽도록 사랑했던 한남자」)을 생각하고, 노정객 송시열이 유배길에서 만난 지명들을 하나씩 호명한다.(「위리안치」) 무오사화로 희생된 김일손(「김일손」)과 고려말 개혁을 꿈꿨던 이색(「여강에서 목은 이색」)과 풍찬노숙하던 독립군 안중근(「안중근」)등 시집에 등장한 이들은 '고도'를 기다리지 않고 전 생애를 바쳐 당대의 '고도'를 찾았던 인물이다. 하여, 시인은 삼한시대에서 근대시절 동학(「고사부리성에서 오사를 생각하다」)에 이르기까지 벽과 싸웠던 투쟁의 장소이며 패배할 줄 알면서도 당대의 강고한 벽에 도전하던 인물들의 꿈을 찾아 '아직도'를 구체화 한다.

> 그의 무너지고 쓰러지는 슬픔을 보다 못한 그 사람,
> 여기저기 수소문하여
> 사람들을 모으고, 그 사람들과 함께
> 벽절이라고 불리는 신륵사 앞, 여강으로 갔다
> 그리고 그를 위한 뱃놀이에 나섰다.
> 누군가 그를 위해 술 한 병을 보내왔고,
> 뱃놀이 시작에 앞서 술 한 잔을 따라서

그에게 주었다.

그런데 그만, 그 술 한 잔을 마시자마자

그 자리에서 피 토하고 그가 세상을 등졌다

—「여강麗江에서 목은 이색李穡」 부분

시인은 신륵사에서 고려삼은高麗三隱이라 불렸던 이색의 죽음을 떠올리며 한국 현대사를 반추한다. 시대에 저항하는 의인들의 죽음은 반복되는 것. 시인은 강물을 보며 "지금까지도 그 죽음은 그냥 의문사로 남아 있다/고금이 지금이 되는 지난한 세월 속에서"(「여강麗江에서 목은 이색李穡」) 현대사의 비극을 품고 흐르는 역사적 시간을 발견한다. 시에서 신륵사의 별칭이 '벽절'이라고 밝힌 것은 '벽절'이 이정표라는 뜻을 가지고 있기 때문이다. 벽절의 유래를 찾아보면 뱃사공들이 멀리서도 보이는 신륵사의 탑을 등대처럼 이정표로 삼아서 '벽절'이라고 불렀다 한다. 한때 비극은 역사가 되고 시련이 벽이 되는 것. 시인은 서산대사의 유명한 시 "눈 덮인 들판을 걸어갈 때 이리저리 함부로 걷지 마라. 오늘 내가 걸어간 발자국은 뒷사람의 이정표가 되리니."(「답설야踏雪野」)를 떠올린다. 그리고 한때 자신의 한계였던 벽이 세월의 흐름에 따라 이정표가 되는 역사적 현실을 목도한다.

시인은 점으로 존재했던 사건들에 거리를 두고 관조하는 여유를 갖게 되었다. 그리고 삼한시대에서 근현대사의 수많은 사건들을 살펴보건대 역사는 강물처럼 흘러왔음을 깨닫는다. 이 강물이 흘러 바다가 되는 것처럼 의도하지 않아도 "잘못 살아온 생도/잘 살아온 생도/이제 생각해 보니/흔들리는 물결"(「갈매기에 묻다」)이라는 것을 깨닫는다. 시인은 그토록 찾아 헤맸던 '아직도'가 '구름'이 흘러가는 것처럼 순간의 시학에서 발견하게 됨을 발견한 것이다. 이제 시인은 구름과 벗하며 살기로 한다. "신념에 찼던 그의 목소리가/구름이 되고/그를 쓰러뜨린 총소리는/푸르른 하늘이 되고/들꽃이 되고,"(「키릴로프」), "이승에서 저승으로 가는 짧은 길/문득 바람이 불고/잔잔하던 물살이 술렁이면서/한오리 구름이 피어오른다"(「이윽고 그림자 하나가」), "기다리고 또 기다리면/그날이 온다고/바람과 구름과 새들도 말하네"(「미륵사지」), "왕궁리 오층석탑이/낮은 구름 아래 서 있다"(「왕궁리 오층석탑」), "어허, 무심타!/대구의 하늘은 검은 구름이 가득"(「위리안치」), "하늘을 흐르는 구름도/시간도 멈출 것 같은 순간을"(「김일손」) 구름은 자유의지가 아닌 바람의 의지로 흘러가는 것. 바람이 신이 보여주는 기척이라면 바람을 받아들이기로 한 것이다.

사람들이 나에게 묻네
어쩌면 그렇게 힘도 들이지 않고
휘적휘적 잘 걷느냐고
나는 그들에게 말하네
걷는다는 생각도 하지 않고
여기저기 두리번거리고, 어정거리며

해찰하면서

바람과 구름하고 벗하며

걸어가는 것뿐이라고

그렇게 살다가 보니

여기에 이른 것이라고

　　　　　　　　　　—「사람들이 나에게」 전문

　시인은 이제 '걷는다는 생각도 하지 않'는 단계에 이르렀다. 목적지에 도달하려는 것도 잃고 걷는 것 자체가 목적인 경지다. 그는 오히려 '두리번거리고, 어정거리며 해찰'할 때 보이는 것에 대해 이야기한다. 목적을 내려놓았을 때 '바람과 구름하고 벗'할 수 있다는 것. 그리하여 '아직도 걸어가는 것'을 견지하는 것이 삶의 자세라는 것을 깨닫는다. 이제 시인은 '걷는다'는 행위 자체를 의식하지 않는 구도의 경지에 다다른 것이다. 이러한 깨달음을 갖게 된 것은 자신의 생을 돌아보게 된 여유에서 비롯된다. 시인은 "지상에서 떠나야 할 시간은/누구에게나/순식간에 찾아온다//봄 눈이 녹듯/바람이 귓가를 스치고 지나가듯"(「순식간에」) 지난했던 생도 돌이켜보면 순식간에 끝나갔음을 깨닫는다.

　시인의 첫 시집(『꽃들의 자술서』)이 산의 서사라면 이번 시집 『아직도를 사랑하는 까닭은』에는 바다의 서정이 담겼다. 바다는 산골짜기에서 시작한 물줄기가 바위에 부딪치고 수많은 부침을 겪어도 닿게 되는 곳이라는 점에서 화쟁의 장소다. "바다는 파랗고 하얗게 들끓고 있었다/세상의 한복판이 싸움터라는 걸/아는 것처럼"(「추암의 새벽」), "그리움이 눈물의 강이 바다에 이르면/모두가 꿈꾸는/미륵의 세상이 환하게 열릴 것이라고"(「미륵사지」). 신정일이 몸으로 기록한 인문지리학이 도달한 장소가 화쟁의 바다라는 점은 시사하는 점이 크다. 그가 이정표를 삼아 아슬아슬 지나온 산들의 이야기가 강물로 흘러 바다에 닿기까지 유장한 서정의 문법이 '아직도'인 것이다.

흔들리는 세상의
중심을 붙잡으려
안간힘을 써보지만
남은 것은 없다

갈매기에게 묻는다
너의 생애는 어땠느냐
더는 내려갈 것도
더는 올라갈 것도 없는
세상의 끝
바다를 내려다보는 항구에서
내 여정을 뒤돌아본다

잘못 살아온 생도
잘 살아온 생도
이제 생각해 보니

흔들리는 물결 같다고

끼룩거리는 갈매기여

—「갈매기에 묻다」 전문

　마르크스주의 문예이론가인 게오르크 루카치는 '길이 끝나자 여행이 시작되었다'고 말했다. 시인은 세상의 끝에 도달하여 자신의 삶을 돌아보는 여행을 시작한다. 길을 걷는 것에 몰두했던 시인은 이제 바다를 내려다보는 항구에서 여정을 뒤돌아본다. 돌아본다는 것은 과거와 현재를 점검하는 것. 미래의 돌아갈 곳을 생각한다는 의미다.

　시인은 항구에서 자신의 삶을 돌이켜 보며 남들이 보기엔 꾸준히 걸어온 삶도 사실은 '흔들리는 물결'처럼 갈등과 고뇌가 있었음을 고백한다. 그리하여 자신의 여정은 수많은 파도를 만나 흔들리면서도 가야 하는 배와 같은 것이었음을 깨닫는다. 자신에 대한 깨달음은 육지에서의 길과 다른 길이 바다에 펼쳐졌음을 깨닫는다. 항구는 한 세상의 끝이지만 또 다른 세상의 시작이기 때문이다.

　바다는 육지의 길이 끝나는 곳. 그가 지금까지 걸었던 인간의 길이 끝나고 자연의 길이 시작되는 곳이다. 항구에 이르러 길이 끝났다고 생각할 때 시인은 바다 밑으로 길이 이어졌음을 생각한다. 육지의 끝은 곧 바다의 시작이 아니던가. 인간의 조상 역시 바다에서 시작하지 않았던가. 그러므로 바다가 아닌 항구 앞에서 생을 돌아본다는 것은 인간의 역사를 거슬러 올라 다다른 시원으로서의 공간이다.

바다는 세상을 떠도는 구름이 태어나고, 빗물이 되어 강으로 흐르다 다시 돌아오는 곳. 이번 시집에 바다의 이미지는 저 홀로 빛나는 화쟁의 세상이다. "홀로서 빛나는/저 바다"(「바다」), "세상의 끝/바다를 내려다보는 항구에서/내 여정을 뒤돌아본다"(「갈매기에 묻다」), "망망한 바다/그 끝자락에 사는 섬" (「어청도」), "바라보면 주위의 산천은 변함없다/서쪽으로 변산 너머 서해바다"(「두승산하」), "그냥 살았지요, 그냥하면서/눈 시리게 바다를 바라보는 안이쁜이라는 여자"(「안이쁜이라는 여자」), "사랑이 깊으면 슬픔이 되어 흐르고 흘러/바다로 간다는 것을/바라보고 또 바라보다가 깨달았다지"(「죽도竹島를 죽도록 사랑했던 한 남자」), "슬픔이 개울이 되고, 강이 되어 흐르고 흐르다가/서해 바다가 되는 것을 바라보는 일이었다"(「여강驪江에서 목은 이색李穡」).

　　신정일 시인의 이번 시집을 읽으며 그가 '아직도'를 견지하는 사랑의 힘으로 역사의 강물이 유장히 바다로 흘러갈 것을 믿는다. 미래의 어느 시간에도 신정일 시인은 '아직도'를 찾아 걷고 있을 것이다. 그는 머무는 자가 아니라 걷는 자이고, (길을) 사랑하는 사람이기 때문이다. 하여 '아직도'라는 부사는 '사랑한다'는 동사를 지향하는 시인의 시론이라고 적는다. 걷는 것은 현재를 확인하는 행위이자 자신의 진짜 모습을 찾아가는 행위이기 때문이다.